L'ATTAQUE

DE LA FERME DE CORMAIN,

OU

LES CHAUFFEURS

DE VITRY-AUX-LOGES.

Fait historique en un acte , mis en action
Par M. JEANNE BUÉE, *Artiste lyrique.*

Représenté sur le Théâtre de cette Ville ,
le 17 Mars 1817.

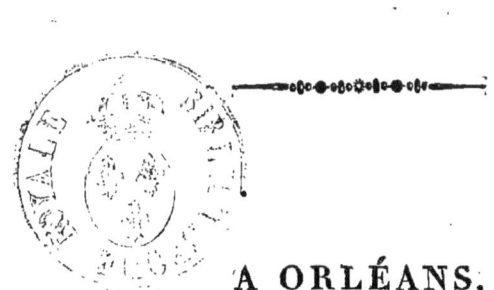

A ORLÉANS,

De l'Imprimerie de DARNAULT-MAURANT,
rue des Basses-Gouttières, n°. 2.

Mars 1817.

PERSONNAGES. ACTEURS.

DELPIERRE, riche fermier, MM. BUÉE.

FRANCOEUR, Maréchal-des-Logis
de gendarmerie, LEROY.

GUILLAMET , fagotier, délateur
des brigands , MÉRIEL.

ROUGEFER, chef des brigands., HENRY.

Dame SIMONE, épouse de Delpierre, Mad. MOTTE.

JULIETTE, bergère de la ferme, Mlle. DURAND.

Cinq Brigands.

Dix Gendarmes.

Deux Beaux-Frères du Fermier.

*La Scène se passe à la ferme de Cormain,
près Vitry - aux - Loges , Département du
Loiret.*

L'ATTAQUE

DE LA FERME DE CORMAIN,

OU

LES CHAUFFEURS

DE VITRY—AUX—LOGES.

Le Théâtre représente, dans l'espace à gauche de l'acteur, la maison du fermier ; la partie de deux lits sort des coulisses, une cheminée, et plusieurs instrumens de campagne. Dans l'espace à droite de l'acteur considéré comme cour ou masure, on apperçoit l'entrée d'une charreterie, et au fond une grande porte de ferme. Au fond, la montagne qui s'élève au dessus de la maison Il est cinq heures de relevée, la nuit tombe, insensiblement la lampe est allumée.

SCÈNE PREMIÈRE.

Dame SIMONE *occupée à coudre.*

JE ne sais que penser du retard de mon mari !... Quelqu'événement imprévu aurait-il empêché son retour?... Aurait-il été rencontré par ces misérables qui ont formé le projet de piller notre maison et d'y porter le fer et la flamme, et dont Guillamet, depuis huit jours, nous a fourni, par les révélations qu'il a faites, les moyens de faire échouer leur complot horrible, en instruisant l'autorité locale du jour et de l'heure à laquelle il doit recevoir son exécution.   (*Elle réfléchit.*)

Ce Guillamet est-il bien fidèle à ses sermens...... Car enfin ce passage rapide de la complicité à la trahison n'est qu'un heureux effet des sages conseils de sa vertueuse épouse.... Tout me porte à le croire..... L'absence de mon mari..... La soirée s'avance.... Je tremble que le misérable Rougefer, leur chef, ne les force de devancer l'heure fixée pour l'exécution de leur projet. Grand

Dieu ! donne-moi la force de résister à toutes leurs persécutions.

SCÈNE II.

Dame SIMONE, GUILLAMET.

GUILLAMET *entrant par la porte de la masure,* appèle à *voix basse, et mystérieusement.*

Sont-ils arrivés ?....

Dame SIMONE (*émue.*)

Qui êtes-vous ?

GUILLAMET, *toujours à voix basse.*

C'est moi, Guillamet, vous ne me remettez pas.

Dame SIMONE *ouvrant la porte.*

Bientôt sept heures, et mon mari n'est pas de retour ; la force armée, dont la présence est de la plus grande nécessité, n'arrive pas, tout accroît mon tourment.

GUILLAMET.

Que rien ne vous trouble, Dame Simone, bientôt vous verrez arriver du renfort. (*elle le regarde avec mepris*) Vous m'écoutez à peine, et semblez douter de ce que je vous annonce.... Il est trop vrai qu'un moment d'erreur me lia d'intimité avec cet homme dont vous redoutez l'arrivée...... Soit oubli dans mes devoirs, soit faiblesse de caractère, j'ai perdu cette confiance qu'on accorde toujours à l'homme de bien. Mais si les sages conseils, d'une épouse vertueuse, ont ramené ma raison égarée ; si un repentir sincère peut un jour me faire trouver grâce dans la société, ma conduite à venir et les remords dont je suis pénétré, justifieront mon pardon : rassurez-vous donc ! et croyez que le projet d'attaque ne recevra son exécution qu'au moment où ses auteurs pourront eux-mêmes se prendre dans le piège qu'on leur tend.

Dame SIMONE.

Vos raisons pourraient me rassurer s'il était possible de supposer que des brigands pussent réfléchir ; mais la soif du sang les dévore, leurs projets se multiplient, la crainte de manquer leur proie les détermine ; alors plus de frein, l'audace les rend capables de tout, et sans s'assurer si l'instant est ou n'est pas propice, ne pourraient-ils pas tenter une entreprise avant même que la force armée n'en put arrêter les funestes progrets.

GUILLAMET.

Je sais qu'un délateur, de quelque nature que soit sa dénonciation, est un être nul, qu'un mépris général accable. Mais dans cette circonstance que faire ?..... Instruit du malheur dont vous êtes menacés, ayant refusé de participer à l'exécution d'un affreux projet, pouvais-je étouffer le cri de ma conscience en célant à la justice un complot dont les résultats eussent été la perte de vos biens et de votre vie !.... Non, sans doute je parus feindre une complicité déterminée, afin d'obtenir la certitude de ne pas échouer au moment d'agir.

Dame SIMONE.

Je vous crois. Mais pendant votre absence ne pourraient-ils pas.....

GUILLAMET.

Calmez-vous, Dame Simone ; je retourne près d'eux, je vais désarmer leur fureur par une fausse nouvelle, j'attaquerai leur cœur, j'emploierai tout pour les obliger de renoncer à leurs criminels desseins...... Si, malgré mes vives instances, ils persistent dans leur résolution, je les abandonne à leur malheureux sort, et mes premiers soins seront de vous sauver, heureux si le succès couronne mon entreprise. (*Il sort.*)

SCÈNE III.

Dame SIMONE *seule.*

La présence de Guillamet a un peu dissipé mes craintes ; ses discours, l'adresse avec laquelle il s'est concilié la confiance de ces misérables, me rassureraient si l'heureuse issue de ses soins était garantie par l'arrivée des hommes d'armes.... Mais puis-je être tranquille.... Les gens de la maison ignorent absolument la trame ourdie contre nous, et bien que je sois convaincue de leur fidélité, on a cru qu'il était prudent de leur en faire un mystère pour n'avoir rien à redouter de la plus légère indiscrétion.... J·veux cependant garder près de moi Juliette, (*elle appelle*) Juliette, Juliette.

JULIETTE *dans la coulisse.*

Plaît-il not Dame.

Dame SIMONE.

Venez-çà.

SCÈNE IV.

Dame SIMONE, JULIETTE.

JULIETTE.

J'étais occupée à couler le lait et à placer les terrines sur la planche ainsi que vous me l'avez ordonné.

Dame SIMONE.

Bien, mon enfant;.... écoute, Juliette, tu sais que mon mari est parti pour la ville;.... sans doute quelqu'affaire l'aura retenu plus de tems qu'il ne le présumait.... et comme, la nuit s'avance, je ne voudrais pas rester seule, tu vas te mettre à filer jusqu'à son retour.

JULIETTE.

Oui, not Dame, je vous tiendrai compagnie; le tems passe plus gaîment quand on est deux : l'un pour l'autre on se rassure, on est en garde contre la peur;..... car dans une ferme aussi isolée que celle-ci, une personne seule croit voir mille objets qui n'existent que dans son imagination.

Dame SIMONE.

Je ne te croyais pas tant de raisonnement, Juliette, je ne te vis jamais aussi hardie.

JULIETTE.

A vous dire vrai, not Dame, je ne suis pas très-peureuse.

Dame SIMONE.

Cela se peut; mais nous ne sommes que deux femmes.... Si quelques malfaiteurs; nous supposant plus riches en argent qu'en revenu, cherchaient à s'introduire à la faveur de la nuit, dis-moi, conserverais-tu cette fermeté dont tu te piques, et ta hardiesse ne le céderait-elle pas à la peur ?

JULIETTE.

Je tremblerais moins pour moi que pour vous, not bonne maîtresse ; c'est de l'extrême danger que naît le véritable courage, et si, ce que je suis éloignée de croire, les malfaiteurs, que vous supposez, en voulaient à vos jours, c'est au péril des miens que je défendrais les vôtres ; trop heureuse de perdre la vie pour sauver celle de ma bienfaitrice.

Dame SIMONE.

Bien, mon enfant! viens que je t'embrasse! va, je n'ai jamais douté de ton attachement pour moi! mon amitié t'en récompensera.

JULIETTE.

Je vais chercher mon rouet (*elle sort.*)

SCÈNE V.

Dame SIMONE *seule.*

J'ai craint un moment que Juliette ne fut instruite; mais ses sentimens m'ont prouvé que la pauvre enfant ignore le malheur qui nous menace.

(*Ici les gendarmes entrent dans la masure, et frappent à la porte de la ferme ; mouvement de crainte.... Ils frappent encore....*)

(*En tremblant.*) Qui est là ?

LE MARÉCHAL-DES-LOGIS *en dehors*

Force armée.... Ouvrez, Dame Simone,... rassurez-vous.

SCÈNE VI. *Elle ouvre la porte.*

Dame SIMONE, LE MARÉCHAL-DES-LOGIS.

LE MARÉCHAL-DES-LOGIS *entre.*

Qu'y a-t-il de nouveau; avez-vous vu Guillamet, vous

a-t-il donné quelques détails sur les moyens que doivent employer les brigands pour mettre leur complot à exécution ?...

Dame SIMONE.

Il sort d'ici, et après m'avoir rassurée sur mes craintes, il les a rejoint en me promettant qu'il les avait trompés de telle sorte que l'attaque n'aurait lieu que la défense ne fut bien établie.

LE MARÉCHAL-DES-LOGIS.

Ne perdons pas de tems ! disposons tout, afin de ne pas rendre nos soins infructueux. Faire échouer leurs infâmes projets, ne serait remplir qu'à demi la tâche que nous nous sommes imposés. Je dois à la société, au maintien de l'ordre, de m'assurer de ces scélérats et de la personne de leur chef.

UN GENDARME.

Nous sommes à vos ordres, et prêts à tout entreprendre.

LE MARÉCHAL-DES-LOGIS.

Commençons par éloigner d'ici les personnes qui pourraient empêcher nos préparatifs.

Dame SIMONE.

Je vais tout arranger au gré de vos désirs, fasse le ciel que le succès soit le résultat de vos soins (*elle rentre*)

SCÈNE VII.

LE MARÉCHAL-DES-LOGIS *aux gendarmes.*

Mes amis, vous savez comme moi que les scélérats sont ordinairement des lâches qui ne s'exposent au danger qu'autant que leur nombre prévaut sur celui de leurs victimes. C'est donc moins sur le droit attaché à nos fonctions que sur la prudence et le courage que doit être fondé le succès de notre démarche. L'entreprise est périlleuse, je le sais ; mais en acceptant le commandement momentané de votre brigade, je crus ne pouvoir mieux prouver mon zèle qu'en partageant à votre tête les dangers auxquels nous expose une semblable expédition ; c'est l'opprimé que nous devons défendre contre l'oppresseur.... Tout homme doit s'honorer d'embrasser une pareille cause.... Je lis dans vos yeux !... Déjà vous brûlez de livrer aux glaives des lois ces monstres que la nature a repoussés de son sein !... Oui, que ces misérables courbent vers la terre leur tête coupable, et qu'une mort infâmante soit le châtiment réservé à leur crime.

LES GENDARMES.

Oui, haine au crime, mort aux scélérats.

LE MARÉCHAL-DES-LOGIS.

Toutes nos dispositions n'ayant pour but que de prévenir et arrêter leurs criminels desseins; cinq d'entre vous vont se placer avec moi dans les ruelles de ces deux lits, et quatre autres avec des gens de la ferme se tiendront dans le fournil attenant à cette chambre, nous donnerons aux brigands le tems de faire connaître leurs intentions par un commencement d'exécution, et lorsque je crierai, à moi, braves amis, ce sera le signal convenu pour nous montrer et fondre sur les scélérats.

SCÈNE VIII.

Les Précédens, Dame SIMONE.

Dame SIMONE.

J'ai tout disposé, il ne reste que mes deux beaux-frères et Juliette, notre bergère, à qui je viens de tout confier... Mais mon mari ne revient point !... L'exécution de cet horrible complot, retardée jusqu'au 21 par la maladie du chef de la bande... Mon mari parti dès le matin pour Châteauneuf, ignore sans doute ce qui doit arriver aujourd'hui.

LE MARÉCHAL-DES-LOGIS.

Il est probable qu'il aura été instruit de tout, puisque Guillamet prévint hier l'autorité locale que le projet devait recevoir son exécution aujourd'hui même, à nuit close; c'est sur sa déclaration que nous avons reçu l'ordre de partir et d'arriver incognito... Mais quoiqu'il en puisse être, Madame, que le danger ne vous alarme pas, nous opposerons au crime et nos armes et notre courage; le ciel qui ne laisse aux scélérats qu'un court espace à parcourir, dirigera nos coups, et l'instant qu'il croiront favorable à leurs desseins, sera celui de leur perte.

(*Ici Delpierre entre par la porte de la masure, portant le harnais d'un cheval de limon.*)

SCÈNE IX. *Il écoute.*

Je n'entends rien... Tout est tranquille.

(*Il dépose tout sous la charreterie.*)

L'ordre donné par le chef de la force armée, aurait-il été mal exécuté, où les brigands instruits des mesures établies pour les surprendre, auraient-ils changés de résolution.

(*Pendant ce couplet, les gendarmes et dame Simone visitent toutes les issues et pièces voisines.*)

LE MARÉCHAL-DES-LOGIS *à Juliette qui est entrée avec son rouet.*

Faites grand feu, sa clarté pourra nous être utile.

DELPIERRE.

Ce Guillamet dont la sincérité pourrait être suspectée, aurait oublié que complice d'abord... Mais non, sa déclaration fût trop loyale pour qu'on puisse le soupçonner d'être parjure à ses sermens.

Dame SIMONE.

Plus l'heure avance, plus mes craintes redoublent.

(*Vers le milieu du couplet précédent, on apperçoit Guillamet descendre à toutes jambes de la montagne, il entre par la porte de la masure.*)

SCÈNE X.

DELPIERRE, GUILLAMET.

(*Les autres personnages occupent le côté de la ferme.*)

GUILLAMET *à demi voix.*

Sont-ils arrivés ?

DELPIERRE.

Non, mais je suis prévenu de ce qui doit se passer ici.

GUILLAMET.

Vous avez donc été informé à Châteauneuf des moyens qu'on devait employer pour votre sûreté.

DELPIERRE.

Oui, c'est ce qui m'a retenu si long-tems.

Dame SIMONE.

Chut, écoutons, (*ils écoutent attentivement*) j'avais cru entendre.

GUILLAMET.

Ils sont ici près, à l'entrée du taillis de la Mairie. J'ai tout employé, tout mis en usage pour les ramener à des sentimens humains! Le ciel m'est témoin que je n'ai rien épargné , larmes, prières, ménaces... Vaines remontrances. Six heures est l'heure fixée pour se présenter chez vous... Je tremble et pour vous et pour moi... Mais ne perdez pas de tems, disposez tout afin d'éviter le danger. (*Il sort.*)

SCÈNE XI.

DELPIERRE *seul dans la masure.*

Dame SIMONE *aux gendarmes.*

Quelqu'un a parlé. ... Je n'y tiens plus.

(*Les gendarmes se retirent chacun dans sa retraite, et lui font signe de ne pas sortir.*)

Je veux absolument savoir.....

(*Elle ouvre la porte de la ferme au moment même que Delpierre va pour entrer, elle est effrayée de son air pâle et accablé, elle lui dit en l'embrassant avec force :*)

Qu'as-tu donc, mon ami, te serait-il arrivé quelqu'événement ?

DELPIERRE.

Les rapports de Guillamet sur les intentions hostiles des brigands et sur leur persévérance , auront sans doute altéré mes traits. Cependant espérons, le ciel n'abandonne pas ses faibles créatures, et bientôt.....

(Le maréchal-des-logis paraît.)

LE MARÉCHAL-DES-LOGIS.

Tout est disposé, quelque vigoureuse que soit l'attaque, les suites ne seront funestes qu'aux assiégeans. Rassurez-vous, je dirigerai sur eux les coups qu'ils vous destinaient ; je me saisis de leur chef, et si de nombreuses blessures affaiblissaient mon courage, je dirais en expirant, grand Dieu ! fais que ces innocentes victimes ne succombent pas sous le fer des assassins.

DELPIERRE.

Je ne vous croyais pas encore arrivés ; c'est ce qui m'a retenu dans la masure avec Guillamet que je quitte à l'instant.

Dame SIMONE.

Tout nous annonce les plus grands dangers, enhardis par leur vile profession ; sourds au cri de la nature, familiarisés avec le crime, les scélérats oseront tout, l'homicide, le larcin et la cruauté, ils n'épargneront rien pour assouvir leur rage.

LE MARÉCHAL-DES-LOGIS.

Avant d'être victime de leur fureur, puisque vous en concevez les craintes, tenez-vous enfermée secrétement et reposez-vous sur notre vigilance.

DELPIERRE.

Oui, femme retire-toi avec Juliette, ces Messieurs et moi, suffiront pour opposer la résistance à leur témérité.

Dame SIMONE.

Que dis-tu, mon ami, que je t'abandonne quand tes jours sont en danger ! non, je m'attache à ta personne.... Je ne te quitte pas.... Le même coup doit nous frapper tous deux.... O mon Dieu ! donne-moi la force de supporter ce malheur.

JULIETTE.

Not maîtresse a raison ! je veux aussi partager vos périls, et entrer pour quelque chose dans le salut de vos jours.

(On voit les brigands descendre la montagne ; leur vue est toujours fixée sur la ferme. Guillamet les devance de quelques pas, l'air très-embarrassé ; Rougefer est à la tête des autres brigands, et lorsque Guillamet est parvenu à la porte de la cour, il passe son doigt par le trou pour ôter le verrou ; il sent que la porte fait résistance, il fait signe aux autres de s'arrêter au haut du second plan.)

UN BRIGAND.

La porte est-elle fermée ?

UN SECOND BRIGAND.

Brisons-là.

ROUGEFER.

Bon moyen pour rendre nos soins infructueux.

GUILLAMET *en dehors.*

(*à part*) Profitons du moment pour savoir si la défense est établie. (*haut*) Je vais m'assurer par moi-même.... De la prudence surtout.

(Il feint de faire le tour de la ferme et entre dans le clos par la deuxième coulisse à droite de l'acteur Il frappe à la porte : les gendarmes qui n'ont pas eu le tems de se cacher tirent leurs sabres et se mettent en défense Dame Simone se jette dans les bras de son mari qui, de son côté, tient une cognée qu'il trouve sous sa main; Juliette enlève son rouet prête à en frapper celui qui se présentera ; les deux beaux-frères ont l'un un bâton, l'autre une chaise. L'exécution de cette scène doit être rapide et faire tableau.

SCÈNE XI.

GUILLAMET *frappe un peu plus fort.*

(*à demi voix.*) C'est moi, (*chacun quitte sa position*) sont-ils arrivés, êtes-vous en force ?

DELPIERRE.

Oui, tout est disposé.

GUILLAMET.

Bon ! ils sont là, mais la porte est fermée à loquet.

DELPIERRE.

Il le faut ôter.

(*Pendant que Guillamet va ôter le loquet, les gendarmes se placent dans les endroits convenus ; il ne reste en scène que Delpierre, sa femme et Juliette occupée à filer ; tous leurs mouvemens expriment le plus grand trouble La porte étant ouverte ses brigands entrent à pas de loup. Rougefer a deux pistolets à sa ceinture ; deux autres chacun un fusil chargé ; et les deux autres un bâton à massue ; trois d'entr'eux doivent avoir, dans leurs poches, des cordes, une poudrière et des cendres ; ils ont les figures noircies ; le chef a deux gourmettes de schakos qui lui bordent le menton, et une fausse queue.*)

SCÈNE XII.

ROUGEFER, LES BRIGANDS, GUILLAMET.

J'ai apperçu la patache du fermier, il doit être de retour. Songez, mes amis, que cette ferme doit, d'autorité, deux mille francs à chacun de nous ; que la moindre imprudence nous ferait manquer l'opération, et que pareils avantages ne se rencontrent pas tous les jours. Jurez d'obéir à tout ce que je vous dirai. (*les brigands*) Nous le jurons.

ROUGEFER.

Vous allez vous tenir contre cette porte, je vais implorer son assistance et tâcher d'exciter sa pitié ; et lorsqu'elle sera ouverte, vous me laisserez le tems de le saisir ; ensuite vous foncerez dans la maison, et vous vous débarrasserez de tous ceux qui pourraient vous porter obstacle : s'il refuse de nous indiquer l'endroit où est caché son argent, nous ferons usage du conseil de notre camarade absent, tu m'entend....

LES BRIGANDS.

Des médrilles, ou la mort.

ROUGEFER, *regardant autour de lui.*

Chut.... J'ai cru entendre.... Non, l'instant est propice, frappons. (*Il frappe doucement.*)

DELPIERRE, *d'une voix hardie.*

Qui est là ?

ROUGEFER *d'une voix faible et deguisee.*

Nous sommes des pauvres honteux , nous saisissons la faveur de la nuit pour demander du pain , ne nous refusez pas.

DELPIERRE.

Il est heure indue.... Je suis sans armes , je crains les malfaiteurs , revenez demain le matin , je vous soulagerai.

ROUGEFER.

Hélas! mon bon Monsieur , nous ne voudrions pas être connus! si c'était un effet de votre bonté de nous assister , vous feriez un grand acte d'humanité.

DELPIERRE.

Attendez! je vais vous passer du pain par la fenêtre.

ROUGEFER *insistant.*

Peut-être nous supposez-vous capables d'abuser de vos bontés en vous demandant un asyle pour cette nuit, détrompez-vous, nous sommes malheureux et non exigeans.

DELPIERRE *ouvrant la porte.*

Je me rends à vos raisons.... Entrez.

(*Au même instant Rougefer et deux des brigands foncent dans la maison Rougefer se précipite brusquement sur Delpierre , le prend à la gorge ; les deux autres se jettent sur la bergère , lui arrache son fichu. Dame Simone cherche à débarrasser la bergère.*)

DELPIERRE.

Scélérats !

ROUGEFER, *commençant le jeu de scène.*

Ce n'est plus du pain qu'il nous faut , c'est ta vie ; il y a longtems que nous te cherchons , nous te tenons enfin.

(*Delpierre est prêt à succomber quand le maréchal des-logis s'écrie ,*)

A moi, braves amis !

(*Il s'élance sur Rougefer le sabre à la main.*)

Alte-là, brigands, bas les armes, ou c'est fait de votre vie. (*Musique vive.*)

(Rougefer brûle deux amorces sur la poitrine du maréchal-
des logis ; les deux beaux frères et les gendarmes terrassent
les brigands parmi lesquels se trouve Guillamet ; un de ceux
qui sont armés d'un fusil le jette en fuyant dans les jambes
d'un gendarme qui le ramasse, court après eux, et comme
la porte de la cour est fermée, ils sont obligés de se lutter
contre les gendarmes ; des coups de fusils sont tirés de part
et d'autre, on les terrasse . on les fouille, et tous sont en
respect, le sabre sur la gorge ; le fermier, sa femme,
la bergère lève les mains au ciel. Cette action se passant
tant dans la maison du fermier que dans sa cour, ces
deux . tableaux n'en doivent faire qu'un.)

LE MARÉCHAL-DES-LOGIS.

Scélérats ! la mesure de vos crimes est comblée, la
justice humaine instruite de vos forfaits frémira d'horreurs
au récit des malheurs auxquels vos victimes ont échappé,
et le glaive des lois déjà suspendu sur vos têtes crimi-
nelles, ne tardera pas à purger la société de monstres
tels que vous. (*à Guillamet*) Quant à vous, Guillamet,
dont je crois le repentir sincère, et à qui on doit la
révélation de cet affreux complot, je vais moi-même plaider
votre cause auprès de vos juges, puissent-ils vous par-
donner vos fautes passées, et vous faire rentrer un jour
dans le sentier de l'honneur.

DELPIERRE *au maréchal des logis.*

Homme généreux que ne vous dois-je pas ? Guillamet,
si l'observance d'une conduite sans reproche peut effacer
tes premiers torts, l'existence de ta famille et la tienne
sera désormais assurée par un travail assidu... Et vous
dont le courage et la prudence ont signalé les vertus du
plus grand héroisme, souffrez que ma vive reconnaissance...

LE MARÉCHAL-DES-LOGIS.

Point de remerciemens, j'ai rempli mon devoir; protéger
le faible, contre les atteintes du crime, est une obligation
que l'ordre social impose à tous ses membres; puisse le
châtiment de ces misérables servir d'exemple à ceux que
le vice n'a pas encore gangréné, et les ramener à la
vertu. Ma carrière est bientôt fournie, si cette dernière
action honore la mémoire d'un serviteur fidel à son Roi,
utile à sa patrie, je dirai dans les transports d'une joie
immodérée; j'ai la confiance de mes Supérieurs et l'estime
de mes Concitoyens, je suis assez récompensé. (FIN.)

www.ingramcontent.com/pod-product-compliance
Lightning Source LLC
Chambersburg PA
CBHW061526170626
46811CB00004B/1865